INVITATION

AUX HOMMES

A POURSUIVRE ET COMPLÉTER LA CONQUÊTE

DES

EAUX ET DES AIRS,

SUIVIE DE QUELQUES AUTRES PIÈCES,

PAR

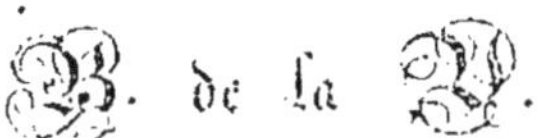

PRIX : 1 fr. 50 c.

PARIS,

CHEZ L'AUTEUR,

RUE SAINT-ÉLOY, Nº 2, PRÈS LE DÉPOT DES LOIS;

Et chez les principaux Libraires de Paris.

1842

IMPRIMERIE DE WITTERSHEIM,

8, RUE MONTMORENCY.

INVITATION

AUX HOMMES

A POURSUIVRE ET COMPLÉTER LA CONQUÊTE

DES

EAUX ET DES AIRS,

SUIVIE DE QUELQUES AUTRES PIÈCES,

PAR

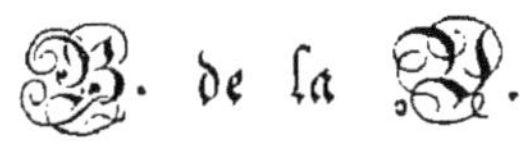

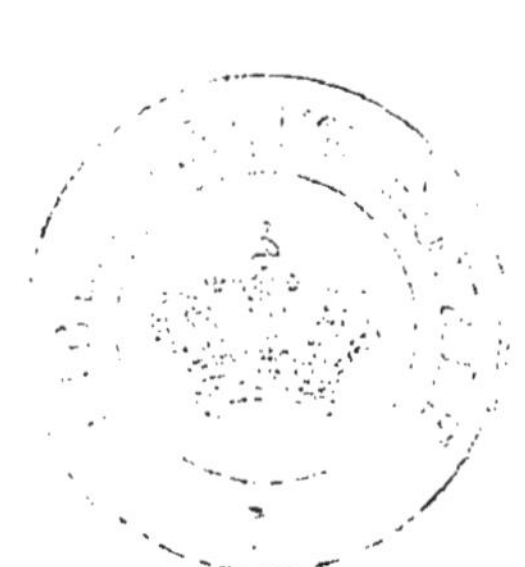

PRIX : 1 fr. 50 c.

PARIS,

CHEZ L'AUTEUR,

RUE SAINT-ÉLOY, N° 2, PRÈS LE DÉPOT DES LOIS ;

Et chez les principaux Libraires de Paris.

1842

PRÉFACE.

Les conquêtes des eaux et des airs sont sans contre-
dit les plus importantes qui nous restent à faire; mais
il faut qu'elles soient pleines, entières, et de façon
que nous puissions y agir avec la même liberté et la
même autorité qu'à la surface de la terre; celle des
airs, surtout, devant nous fournir les moyens de compléter et maintenir l'ordre que nous nous sommes
efforcés jusqu'ici d'établir sur la terre, en garantissant
sa surface des perturbations qui lui viennent des hautes régions de l'atmosphère.

Une idée m'a poursuivi toute ma vie, sans en avoir
jamais tenté l'exécution; celle de naviguer dans les
airs, au moyen d'une nacelle munie d'ailes se mou-
vant par des ressorts qui recevraient leur action d'un
moteur puissant et léger.

Quoique les avances, d'après mes plans et mes pré-
visions, fussent peu considérables, hors d'état par
moi-même de les faire, je m'adresse au public, en l'in-
vitant à former une petite société pour la construc-
tion d'une barque aérienne, et en outre à la suite pour
le perfectionnement de celles sous-marines.

La prose et les vers qui suivent ne sont à autre fin. Si, sans s'arrêter au style ou au mode que l'on peut critiquer, on adopte l'idée, je me trouverai heureux, cédant même toute la gloire de l'invention à celui qui aura le bonheur de mettre mon idée en œuvre, et dont la réussite doit assurer à jamais la grandeur et la félicité du genre humain tout entier.

Du reste, je pense que lors qu'on aura réussi, les moyens en paraîtront si simples que chacun s'étonnera qu'on ait tardé si longtemps à les imaginer, et l'on dira sans doute à son inventeur, comme des courtisans à Colomb : « Il n'était pas besoin d'un profond génie pour cela. »

Et en effet il n'aura fallu sans doute que le tourner vers cette idée pour arriver à son application.

Ainsi le télescope d'Herschel lui a présenté inopinément la planète fameuse dont il a enrichi nos découvertes célestes. Elle était jusqu'à lui démeurée inaperçue, quoique tout astronome eût pu la découvrir aussi bien.

Dans tous les cas, mon intention sera presque remplie, si je parviens à diriger les idées vers un but magnifique que l'on finira certainement par atteindre.

INVITATION AUX HOMMES

A POURSUIVRE ET COMPLÉTER

LA

CONQUÊTE DES EAUX ET DES AIRS.

Un certain roi de Perse s'étant avancé chez les Scythes pour les soumettre à son empire, ceux-ci, lorsqu'ils le virent suffisamment engagé, lui envoyèrent, dit-on, présenter par un ambassadeur, un oiseau, une grenouille, une souris et cinq flèches; voulant lui faire entendre que s'il ne se sauvait à travers les airs, comme un oiseau, ou dans les eaux, comme un poisson, ou enfin ne se cachait dans le sein de la terre, comme la souris, il n'échapperait point à leurs flèches. Il eut à se repentir en effet, ainsi que les malheureux qu'il avait entraînés à sa suite, de n'avoir à sa disposition ni ailes ni nageoires. Quant à la terre, chacun y va mêler et confondre ses cendres en y éteignant ses passions.

L'homme, si nouveau sur la terre en comparaison de l'antiquité de celle-ci, a fait, dans les arts et dans les sciences, au milieu de perturbations continues, des progrès qui sans doute font le plus grand honneur à son génie; néanmoins il ne pourra se dire le souverain de ce monde, que lorsque, devenu oiseau et poisson, il pourra naviguer à volonté dans les airs, se mouvoir et vivre au sein même des eaux, et prendre ainsi possession par lui-même de ces vastes parties de son domaine.

Déjà il a fait pour l'une et l'autre conquête des essais qui peuvent lui servir d'encouragement; mais il m'a semblé que les moyens qu'il a tentés jusqu'à ce jour, ne peuvent jamais le conduire à une parfaite réussite, ni pour l'une ni pour l'autre. Il a néanmoins, dans ses essais sous-marins, atteint presque déjà la faculté des amphibies les mieux organisés, celle de se mouvoir et demeurer comme eux longtemps sous les eaux sans périr. Un problème de chimie résolu, et cette faculté deviendrait complète; il y vivrait à volonté, sans communiquer avec l'air extérieur. Ce problème consiste à absorber et neutraliser le carbone que nous exhalons et qui nous a si tôt asphyxiés dans un lieu hermétiquement fermé; le reste peut s'obtenir facilement; on y est même presque déjà parvenu.

S'élever, se diriger, se mouvoir enfin à volonté dans les airs, dépend, pour la réussite, de la solution d'un problème de mécanique assez simple.

En effet, puisqu'un corps élastique rend en répercussion ce que la percussion lui a fait éprouver de compression subite et momantanée, l'air étant élastique par excellence, il s'ensuit que si, par un moteur quelconque, on peut lui imprimer subitement et à coups continuellement répétés par des ailes factices, une pression supérieure au poids du moteur qu'on emploie, toute la force qui excède le poids de ce moteur tournera nécessairement au profit du voyageur aérien ; ainsi, ce moteur étant placé dans une nacelle dont le poids total est de mille, pour peu qu'il imprime à l'air une pression qui excède ce chiffre, il faut nécessairement que la nacelle s'élève et se soutienne dans les airs. C'est d'ailleurs le moyen que la nature emploie pour tous les êtres qu'elle a destinés à se mouvoir dans les airs, plumes, membranes et autres. C'est toujours en frappant l'air avec une force supérieure à leur poids qu'ils s'élèvent et se soutiennent au sein du fluide élastique. Quant à la direction des nacelles, à l'opposé des aérostats dont c'est la difficulté, rien ne sera plus facile. Et qu'on ne se prenne plus à rire de pareilles idées. Témoins des merveilles de nos jours, qui pourrait donc nous étonner, et nous retenir de tenter les conquêtes pleines, entières et si importantes des eaux et des airs, mais principalement de ces derniers ; qui pourrait, dis-je, nous étonner, lorsque nous voyons des chars ou plutôt d'énormes convois, entraînés par une masse roulante qui paraît voler par elle-même et par l'esprit qui l'anime, à la surface de la terre, pouvant devancer au besoin l'aigle aux ailes si rapides, et l'expression n'a rien d'exagéré. Que des vaisseaux géants, vraies citadelles flottantes, animés par le même esprit, fiers, ce semble, de ces nouvelles forces que l'homme a déposées dans leur sein, dédaignant désormais le secours capricieux des vents et les fatigants efforts d'une multitude de rameurs, s'élancent comme d'eux-mêmes et glissent plus rapidement sur les eaux qu'avec des masses bien moindres, d'autres n'avaient jamais fait; et ne dirait-on pas en les voyant ainsi se mouvoir, que les secrets de l'animation sont ravis à la nature et appliqués par l'homme à ces masses?

Mais parmi les merveilles de nos jours, quoi de plus magique, bien que moins important, que cette puissance acquise de fixer en un instant sur une feuille de métal une image fugitive au moyen de quelques rayons lumineux? Qui l'eût inventée, jadis, aurait été présumé tirer sa puissance de l'enfer; mais si le problème en eût été proposé au siècle de Voltaire, que de sarcasmes eussent plu sur son malheureux auteur! N'est-ce pas ainsi que le Grand-Homme de Ste-Hélène a accueilli ce rêveur de Fulton qui, sans s'arrêter à ses mépris, a réalisé, grâce à Dieu, son beau rêve.

Ce que je propose n'a rien de prodigieux comme ce dernier phénomène; c'est un problème simple de mécanique, beaucoup moins compliqué même, je pense, que celui, si parfaitement résolu, d'une montre accomplie, combinaison si savante, si minutieuse, et qui demande une exécution si habile !

Les essais, du reste, seraient peu coûteux, quoique les résultats en soient incalculables. Je le propose aux amateurs comme aux mécaniciens de profession, et même de former à ce sujet une société constante, sans autre but que la noble et complète émancipation de nos semblables. La mise de fonds pour chacun serait peu considérable; car je pense que 3,000 fr. suffiraient et au-delà, pour fournir un premier essai, et peut-être beaucoup moins, puisque, d'après mes plans, le mécanisme serait des plus simples.

Quant aux aérostats, je n'ai jamais pensé que, par leur moyen, on pût atteindre le but que l'on se propose. Les gaz les plus subtils rongent promptement le vernis de l'enveloppe et se tamisent bientôt à travers ; l'on ne peut donc, par leur moyen, fournir une longue carrière; ceux plus grossiers se tamisent moins vite, mais leurs pesanteurs relatives plus considérables, nécessitent des enveloppes que leur volume rend tout-à-fait ingouvernables; et d'ailleurs le gaz s'en échappe encore trop tôt pour que l'on puisse avec se risquer à un long voyage, surtout si l'on a des mers à traverser, outre les accidents sans nombre dont ces machines sont susceptibles.

Je souhaiterais aussi que l'association entreprît à la suite le perfectionnement des machines sous-marines.

Les moyens pour l'entier succès, sont l'absorption du carbone que nous exhalons, et le remplacement de l'oxygène que nous absorbons (1).

Du reste, outre l'avantage déjà immense d'une communication rapide et sans frais, au moyen de la nacelle aérienne, voiture délicieuse, où l'on pourrait d'ailleurs se procurer toute espèce de commodités ; les jeux, les fêtes, les évolutions, les concerts dans les plaines de l'air, où l'on ne rencontre ni rochers ni écueils, plaisirs réellement féeriques ; outre, dis-je, tous ces avantages, n'est-ce pas dans les hautes régions de l'atmosphère que résident les couches glacées qui nous deviennent si pénibles et souvent si désastreuses lorsqu'elles descendent à la surface de la terre ?

Elles le font tout naturellement lorsque le soleil est éloigné de nos climats, et nous en sommes moins troublés ; mais lorsqu'il est de retour vers notre hémisphère, aucun froid nuisible n'y aurait plus lieu, sans les perturbations qu'occasionent les orages, les grêles, les ouragans, les trombes et autres ; puis les gelées intempestives qui s'en suivent emportent en un instant tout espoir de récolte, laissant dans la désola-

(1) La chimie et la physique doivent fournir facilement la solution de ces problèmes, lesquels résolus permettront de stationner à volonté sous les eaux, et la mécanique d'y voyager de même à loisir.

tion le cultivateur malheureux, et les masses infortunées dans l'appréhension de la disette.

En effet, les grands perturbateurs de la nature, les orages, les ouragans et autres, agitant violemment les couches inférieures de l'atmosphère et déjà échauffées, celles supérieures et glacées se précipitent à leur place, et produisent ainsi à la surface de la terre des révolutions subites aussi pernicieuses à ses habitants qu'à ses plantes.

Mais le moteur de tous ces désordres qu'est-il autre que ce fluide électrique qui s'élance en torrents du sein de la terre échauffée, s'entasse dans les nues, et bientôt met tout en combustion par l'espèce de guerre qu'il excite dans ces hautes régions. En serait-il de même si l'homme planait à volonté au plus haut des airs? Non, sans doute, car partout ce fluide turbulent, maîtrisé par des chaînes de métal, se précipiterait de lui-même, sans fracas et sans bruit, au sein d'où il est sorti, c'est-à-dire de la terre, et jamais, au moins durant les belles saisons, le calme ne pourrait être troublé désormais dans les airs ; ils n'en seraient pas moins purs ; car des millions de barques ailées les sillonnant tous les jours, les agiteraient assez pour les assainir, sans les troubler comme les orages ; le ciel n'en serait pas plus d'airain ; car une répartition habile des forêts et autres moyens que l'expérience ferait connaître, entretiendraient une douce fraîcheur par des pluies et des rosées salutaires, qui même pourraient devenir de plus en plus à la disposition de l'homme par son influence dans les airs.

Que de connaissances nouvelles et curieuses résulteraient de cette conquête pour les hommes observateurs? Que de modifications dans les habitudes en amèneraient d'avantageuses dans les mœurs! L'homme n'étant plus exclusivement attaché à la terre, dans les temps et même dans les heures où elle lui serait incommode par des chaleurs excessives ou dangereuses, par des exhalaisons malfaisantes, irait à volonté, de jour comme de nuit, chercher le repos, la fraîcheur et la salubrité même dans les airs ; les climats en deviendraient plus semblables, et les communications si fréquentes entre les hommes, que les races, se mêlant sans cesse et s'améliorant, se confondraient enfin en un seul peuple sur la terre, mais un peuple de frères, sans préjugés, sans haines et tendant au bonheur commun. Enfin, l'ordre établi et maintenu dans les airs, aiderait aux hommes à compléter celui qu'ils ont déjà établi pour les eaux, à la surface de la terre, qui présenterait de tous côtés, sans leurs travaux et leurs soins, des cloaques et des précipices, ainsi que partout ailleurs, des épines et des ronces.

La conquête pleine et entière des eaux et des airs

ouvrirait ainsi pour le genre humain une ère nouvelle de gloire et de bonheur, dont la prolongation à l'infini lui serait à jamais assurée.

Nous ne pouvons donc tendre avec trop d'ardeur à une conquête, peut-être très-facile, dont les résultats pour tous seraient également brillants et heureux.

Et la renommée, lasse enfin de publier les malheurs de nos semblables, ne fera plus résonner ses cent voix que pour annoncer en tous lieux nos succès et nos joies.

PLAN D'ASSOCIATION.

———

Cette association n'a d'autre but que de faire une chose utile pour tous, sans aucune vue d'intérêt particulier. L'on ne pourra souscrire pour moins de 5o fr., que le souscripteur sera tenu de déposer en son nom, et avec cette destination, à la Caisse d'Épargne ou autre. Dès que les souscriptions auront atteint la somme de 1,2oo fr., les Souscripteurs s'assembleront; chacun fournira ses plans s'il le juge convenable; on les discutera, et le résumé de ces plans sera soumis à des mécaniciens ou savants; on s'assemblera de nouveau pour arrêter celui qu'on adoptera, et l'on se mettra à l'œuvre en se conformant aux lois. Celui qui sera chargé de suivre et de diriger le travail, sera autorisé en même temps à prélever à mesure les fonds nécessaires pour achats et main-d'œuvre. Quant au battement des ailes, il doit être produit, selon moi, par un va-et-vient mis en action par un volant dont la mise en mouvement ne demande que peu d'efforts; mouvement que l'on rend plus ou moins vif à volonté, et dont, par là même, on augmente ou diminue la force d'action au besoin. La barque en osier faisant corps avec la mécanique, les ailes en toile et les autres gréements seront peu coûteux, et la main d'œuvre peu considérable. Du reste, il ne faut rien attendre de parfait d'un premier essai ; en tout il faut du temps et de l'expérience ; mais lorsque le principe est trouvé, le perfectionnement est rapide. Combien d'années n'a-t-il pas fallu à M. Daguerre pour mettre son œuvre en état d'être présentée au public ; que de progrès ce même public n'a-t-il pas fait faire, et en bien peu de temps, à son invention !

Les personnes voulant souscrire, adresseront leurs lettres franches à M. B. de la V., rue Saint-Éloi, n. 2, mettant leur nom et leur adresse.

A L'HOMME.

O toi dont le génie, à sa frêle enveloppe,
Par le sort enchaîné, s'indignant de ses fers,
S'élance dans les cieux, plonge dans les enfers,
Et dans l'immensité, qu'à ses yeux développe
Le champ de l'infini, hardi, sans se lasser,
Jusqu'aux confins du monde aspire à s'avancer.

Mortel, qui dans ton cœur a donc mis cette audace ?
Pour souffrir, ici-bas, toi qui sembles jeté,
De précédents forfaits supplice mérité ;
Est-ce le souvenir d'une divine race,
Qui, malgré tes liens, en ton cœur éveillé,
Veut rendre de tes faits le Ciel émerveillé ?

Va, ta tâche est sublime, et plein d'une ardeur sainte,
Noble dans tes projets, ose en suivre le cours ;
Fidèle à la vertu, sans que de vains discours
Enchaînent tes élans de dégoûts et de crainte,
Marche vers l'infini ; car si tu ne l'atteins,
Tes efforts te feront d'assez brillants destins.

C'était peu qu'ici bas, les animaux, les plantes,
A ton sceptre soumis rampassent devant toi ;
Que métaux, éléments eussent subi ta loi,
Que de tes volontés les ondes turbulentes,
Soumises désormais, reconnussent le frein,
Comme un fier animal docile au mors d'airain.

Après, par tes travaux, avoir fait disparaître
De la terre ennoblie et ronces et buissons ;
L'avoir contrainte, en place, à porter des moissons ;
Et l'avoir, par ton art, instruite à reconnaître
Qu'au lieu de l'ajonc triste, en la belle saison,
Il lui sied de s'orner d'un frais et vert gazon.

Après avoir purgé son sein d'eaux croupissantes,
De reptiles impurs repaire dégoûtant,
Où leurs essaims hideux, sans cesse s'agitant,
Troublent souvent les nuits de leurs voix discordantes ;
En riantes forêts changé des bois affreux,
Plus, en brillants palais des antres ténébreux.

Comme un mari jaloux de parer une épouse
Idole de son cœur, ici sont des bosquets,
Là, la fleur parfumée étale ses bouquets,
Plus loin, tapis charmant, s'étend une pelouse ;
Dans des prés émaillés serpentent des ruisseaux,
Aux charmes ajoutant le bienfait de leurs eaux.

Après avoir ainsi de la nature entière
Changé l'affreux costume en habits somptueux,
Élégants, pleins d'éclat, riches voluptueux ;
L'avoir parée ainsi qu'une riche héritière
Qui veut par ses attraits, ses grâces, ses atours,
Mériter à jamais de fidèles amours.

Tu n'as point dit, ô homme ! en ta pensée altière :
Jouissons, c'est assez. Hommage à ton grand cœur !
Non, ce n'est point assez pour ton parfait bonheur ;
Si belle qu'elle soit, la nature est matière,
Et plus haut ton génie a le droit d'aspirer :
Suis de nobles instincts, dignes de t'inspirer.

Que la brute se plaise en un gras pâturage,
Et près de sa compagne y borne ses désirs ;
Il est besoin pour toi de plus nobles plaisirs.
Que tes succès acquis enflamment ton courage !
De conquêtes, combien tu pourrais te vanter !
Mais que d'autres encor tu leur dois ajouter !

De la foudre déjà, pénétrant le mystère,
Des mortels ignorants autrefois la terreur.
Ce n'est plus Dieu qui tonne en sa juste fureur,
Et dont doivent nos vœux désarmer la colère :
C'est un fluide actif, dans la nue entassé,
Qu'un fer aigu rend vain, utilement placé.

2

Tes vaisseaux à ton gré sillonnent l'onde amère :
Il n'est aucun rivage, aucun pays lointain,
D'atteindre, à volonté, que tu ne sois certain,
Sans pouvoir rencontrer qu'un obstacle éphémère,
Que tes efforts et l'art ont bientôt surmonté,
Art en tout merveilleux et justement vanté.

Mais, bientôt vrai rival de la gente écaillée,
Tu pourras à l'abîme enlever ses secrets ;
De l'art, de la science, admirables effets !
Et des dieux de la mer, la troupe émerveillée,
Verra dans son empire un maître, un nouveau dieu,
S'y mouvoir à son gré, commander en tout lieu.

Trop fier d'avoir atteint les colonnes d'Hercule,
Aux mortels étonnés, celui qui les montra,
Sur leurs flancs grava le fameux *Nec plus ultra* ;
Pour devise ayons, nous : *Qui n'avance recule,*
Et dans le champ varié de gloires et d'honneurs,
Sans regards en arrière, avançons en vainqueurs.

Par un art tout magique, aux confins de la terre,
Ton intime secret sans être révélé,
A ton ami parvient dans un papier scellé (1) ;
Au stupide ignorant, prodigieux mystère !
Et tu peux par un art encor plus merveilleux,
Sans bruit et sans bouger l'annoncer en tous lieux (2).

(1) L'écriture.   (2) Par l'imprimerie.

Comme un fier ouragan, un véritable foudre
Tu dévores l'espace, et devançant l'oiseau,
Tu glisses sur le sol, comme un cygne sur l'eau,
Sans que ta course excite ni tourbillon, ni poudre (1) :
Ainsi d'oiseaux heureux les nombreux bataillons
Cheminent dans les airs sans marquer de sillons.

Aussi bien que tes chars, tes vaisseaux-citadelles,
Pleins d'un nouvel esprit, plus vite que les vents,
Sans eux et sans rameurs voguant par tous les temps,
tout fiers de n'obéir qu'à ces forces nouvelles
Que ton puissant génie a mises dans leurs flancs,
En leur communiquant ses plus nobles élans.

Dieux ! ne soyez jaloux d'un si beau phénomène ;
C'est presque vous avoir, il est vrai, dérobé
De l'animation le secret révéré ;
Mais de la terre ayant confié le domaine
A son art, à ses soins, ne vous irritez pas
S'il s'efforce à vos yeux de le remplir d'appas.

Ah ! qui pourrait nombrer tes brillantes conquêtes ?
La foudre aux cieux ravie ; en tes nobles cités
Les merveilles des arts brillant de tous côtés,
Pour orner à l'envi tes pompes et tes fêtes,
Là respire le marbre ; ici c'est le pinceau
Qui sur la toile empreint ton génie et ton sceau.

(1) Chemins de fer.

Mais quelle est cette aiguille à la marche assurée
Qui se meut en silence en un champ tout d'émail,
Me marquant du soleil par un divin travail,
La course radieuse en la voûte azurée;
Et lorsqu'au sein des mers le jour semble avoir fui,
Elle la suit encore en la profonde nuit (1).

L'instrument à mon ordre prend une voix sonore
Et parle à mon oreille aussi bien qu'à mes yeux;
L'auteur en eût été placé par nos aïeux,
Parmi les habitants dont l'Olympe s'honore.
Ainsi, de jour, de nuit, en tous lieux, en tous temps,
Je puis par ses bienfaits régler tous mes instants.

Tandis qu'une autre aiguille, et non moins merveilleuse,
Sans astres, me guidant au sein des vastes mers,
Me mène à découvrir un nouvel univers
En protégeant toujours ma course périlleuse;
Même en d'affreux déserts, elle est encor pour moi
Le guide en qui je dois avoir le plus de foi.

Les lins et les cotons, et la soie et les laines
Habilement tissus, peints de mille couleurs,
Présentant des bouquets, des figures, des fleurs,
Forment des vêtements dont tes femmes sont vaines.
En vases transformée, une chaux sans valeur,
Devient de nos salons l'ornement et l'honneur (2).

(1) La montre.   (2) La porcelaine.

Sous tes habiles mains, les plus viles matières,
Des hommes ignorants n'éprouvant que mépris,
Deviennent par ton art objets du plus grand prix,
La richesse et l'orgueil de nations altières (1) ;
Tels des cailloux fondus en miroirs transparents,
Sont de brillants palais les plus beaux ornements.

Et vous, riches métaux, avant que de la fange
De l'homme ingénieux les soins vous aient tirés,
Et ses travaux savants tout-à-fait épurés,
Qui pourrait deviner cet éclat qui vous change
Et vous rend les objets de ses ardents désirs,
Instruments de richesse, instruments de plaisirs !

Mais c'est trop ici-bas arrêter nos pensées ;
Ainsi, d'un édifice, aux siècles à venir,
Ayant à rappeler le glorieux souvenir
de mémorables faits passés dans ses contrées ;
Sur un terrain solide on doit d'abord jeter
Les fondements sur qui la masse doit porter.

Mais si jusqu'en la nue il n'élevait la cime
De son front imposant, de la superbe tour,
qui devra commander le respect à l'entour ?
Il obtiendrait du peuple une bien faible estime,
Par maints objets divers il se verrait masqué,
Et des passants à peine il serait remarqué.

(1) Glaces de Venise.

Cette belle nature et ces tapis superbes,
Avec pompe , avec grâce, à tes yeux déroulés,
S'honorent sous tes pas de se sentir foulés,
Fournissant à tes pieds les plus moelleuses herbes,
Crainte de les blesser, tandis que dans les cieux
Ton front presque divin confère avec les Dieux.

Par leurs doctes leçons, des planètes, des astres,
Le compas à la main , tu sauras mesurer
La distance ou l'orbite, et même en assurer
et la masse et le poids. Sans craindre les désastres
D'Icare ou Phaéton, t'élançant au soleil,
Tu t'assieds sur son char , éblouissant , vermeil.

Hé! que dis-je? son char.... puisqu'il est immobile!
Centre de son système, en un seul point fixé,
Pour y puiser la vie en sa courbe lancé ,
C'est ce globe à travers la matière subtile,
Qui chemine à l'entour, mais qui, tournant sur lui ,
Se procure à lui-même et le jour et la nuit.

Mais sa course à l'entour du centre de lumière,
Par son axe incliné fait régler les saisons
Des travaux, du repos , et surtout des moissons,
Utilisant ainsi son active carrière (1).

---

(1) A quoi servirait en effet à la terre son mouvement autour du
soleil, si ce n'était pour diversifier les saisons? Mais il peut être utile
au soleil lui-même, à qui il sert peut-être de soufflet à son foyer.

L'apparence longtemps trompa de nos aïeux
La raison, le bon sens et les trop faibles yeux.

Pour eux les champs sans fin, tout parsemés d'étoi-
N'étaient qu'un pavillon pour embellir leurs nuits, [les,
Protéger leur repos ou charmer leurs ennuis.
A l'approche du jour disparaissaient les voiles
Pour reparaître encor, quand l'astre fatigué
Dans le sein de Thétis paraissait relégué.

Un Dieu vint-il en aide à ces désirs si nobles
D'acquérir le pouvoir de mieux apprécier
Tous ces mille flambeaux que l'on voit scintiller
A la voûte des cieux ? De ces êtres ignobles,
Qui toujours vers la terre ont les regards tournés,
Désirs jamais connus ou toujours ajournés.

Ou bien est-ce un hasard qui vint du télescope
Par de jeunes enfants indiquer l'élement ?
Quoi qu'il en soit, jamais aucun autre instrument,
Si ce n'est l'opposé, l'étonnant microscope,
D'approcher l'infini n'a fourni les moyens,
De l'astre et du ciron nous rendant mitoyens.

Avec.... l'homme s'élance en la plaine éthérée ;
De mondes, de soleils des nombres infinis
Ont frappé ses regards enchantés et surpris.
Mais sa raison pourtant, loin d'en être égarée,

De Dieu plus que jamais conçut la majesté,
Sa puissance, sa gloire et son immensité.

De ces soleils les uns doubles, triples, quadruples,
Brillants de feux divers, semblent jouer entre eux,
Comme du Tout-Puissant pour égayer les yeux.
Que dire de ces champs où même des centuples
Se rencontrent peut-être où jamais sombre nuit
Ne fit trève au beau jour qui sans cesse y reluit.

Nos ancêtres ont cru que le lait d'Alcmène
Dans ces lieux répandu, cette voie en naquit
Depuis, dite Lactée, et qui nous éblouit
Par la vive clarté de son brillant domaine.
Simple effet cependant des astres si nombreux
Qui peuplent dans le ciel ce vallon lumineux.

Océan de lumière où des millions d'astres,
Dans un riche désordre en son sein parsemés,
Comme en nos mers du sud ces bosquets parfumés
Assis sur le corail y bravent les désastres,
Sont sans doute les lieux où, pour l'éternité,
La vertu doit trouver paix et félicité.

Sans doute nous avons de science et richesse,
De puissance et de gloire amassé des trésors ;
Du monde nous savons bien de secrets ressorts ;
Mais qui nous manque encore ? Hélas ! c'est la sagesse.

Le Génie, il est vrai, brille dans tous nos arts,
Mais la sagesse aussi manque de toutes parts.

Cette sagesse n'est que l'équité sévère
Qu'échauffe de ses feux l'ardente charité
Sublime de raison ainsi que de bonté,
Que chacun rêve encore et dans son cœur révère.
Sans l'équité pourtant, rien n'est stable ici bas :
Tout social édifice écroule avec fracas.

L'homme a-t-il déjà vu son règne sur la terre?
Non. Avant il a dû cultiver la raison ;
De sentiments pervers rejeter le poison.
A ce point arrivé, qu'il croie et qu'il espère !
Ainsi l'enfance en tout doit chasser de son sein
Un virus qui pourtant y fut mis à dessein (1).

Que la balance en main, à des peuples de frères,
L'équité répartisse à chacun le bonheur
Auquel il a tous droits pour prix de son labeur.
Inégales, les parts peuvent être entières ;
Autant qu'un plus grand vase, un bien moindre vaisseau
Ne saurait contenir une quantité d'eau.

(1) Tous les êtres, animaux et végétaux, jettent à temps une gourme
qui a été nécessaire à leur développement.

Assis à un banquet où regne pure joie,
Mets choisis, abondants, et douce liberté;
Si l'appétit en moi ne peut être excité;
Si mon cœur, aux chagrins en secret est en proie;
Si je prends à la fête un plaisir inégal,
Je n'en puis accuser qu'un accident fatal (1).

Les plaisirs les plus vifs sont le lot du Génie:
Le ciel nous le refuse ou l'accorde à son gré,
Du talent en naissant fixe en nous le degré;
Sans jamais de son sceau marquer une manie.
Ce n'est pas que souvent un talent meurt enfoui;
Si l'occasion manque, il reste évanoui.

(1) Lorsqu'un homme d'esprit, de goût et d'une politesse exquise, a convié à une fête ou à un banquet des personnes de professions et de facultés diverses, s'il a eu envers tous et chacun les mêmes procédés et les mêmes égards, ne peut-on pas dire que la plus parfaite égalité a régné dans ce rassemblement, quoique chacun y ait apporté des dispositions différentes, et que le plaisir n'y ait pas été égal pour tous, chacun y ayant pris la part que lui permettaient ces dispositions personnelles? Mais celui-ci était moins en appétit, celui-là en gaîté, cet autre plus en verve, a brillé davantage par son esprit, il a été comme le coryphée de la fête, et s'est retiré plus satisfait. Malheur à ceux qui s'en trouvent peinés, mais l'égalité n'y peut rien. Et l'hôte lui-même, fût-il prince, peut éprouver de même de secrets mécontentements.

Du reste, cette douce égalité ne peut régner qu'entre gens de mœurs également douces et polies. C'est donc à la perfection des mœurs que l'on doit tendre, afin de former une société intime, où la charité coule à pleins bords.

Mais celui dont l'esprit réside au sein des astres
Compte leurs légions, connaît leur rang , leurs chefs,
Leurs révolutions, leurs gloires , leurs méchefs.
De la voûte des cieux étincelants pilastres ,
Tous ces orbes brillants qui lui sont familiers,
Dans un constant bonheur tiennent ses sens liés.

Le merveilleux auteur d'un chef-d'œuvre admirable,
Qui voit son nom inscrit dans la postérité,
Du plus parfait délice a le cœur inondé.
Malheureux qui conçoit un chagrin détestable
D'un succès qui devrait accroître son bonheur ;
Plaignons-le du serpent qui lui ronge le cœur.

Des biens seuls en nos mains prétendons au partage;
Car, s'étendre au-delà ne peut l'égalité ;
Bien plus restreinte encor sera la liberté.
Du reste, un joug commun paraît un avantage,
Quand, dès les premiers ans, de le porter chacun
Contracte l'habitude , il n'est lourd pour aucun.

De gloire et de bonheur si d'atteindre le faîte
L'homme constant et ferme est toujours désireux ,
Que de travaux encor que d'efforts généreux,
Pour de ce monde enfin achever la conquête !
Et qu'à son gré dès lors, en réglant les destins ,
Tout à sa volonté soumette ses instincts.

Pourais-tu t'en vanter, lors que de ton domaine
La plus vaste partie est encor hors tes mains;
Tandis que sur le sol tu traces des chemins,
A grand' peine à grands frais, d'oiseaux, d'insectes même
Des troupes se jouant voltigent dans les airs,
Traversant au besoin l'immensité des mers.

Déjà dans son élan, et brillant et utile
L'homme a des plus hauts monts dépassé les sommets,
Et vu loin sous ses pieds, les nuages épais
Où la foudre se forme, où l'affreux éclair brille,
Et planant, dans les airs son vol audacieux,
Au monde l'a fait voir digne d'atteindre aux cieux.

Ces essais importants ont de ses conaissances
Augmenté le trésor; mais il a reconnu
Que sans direction, il n'a rien obtenu.
Nos tyrans sont des airs les terribles puissances:
L'hiver tient ses États, siége à leur sommet;
Il cède en des instants, mais rien ne le soumet.

L'absence du soleil ne suffit à sa rage,
Et dans les plus beaux jours ses perfides agents
Souvent ont ramené le règne des autans.
Le bonheur d'ici-bas et l'afflige et l'outrage ;
La grêle, le tonnerre et l'affreux ouragan
Sont les cruels soutiens de l'odieux tyran.

Le chaos est sa gloire, il en fait ses délices;
Mais vienne enfin le jour où l'homme maîtrisant
L'air rendu désormais à l'art obéissant;
De ces fléaux divers enchaînant les caprices,
En ses sommets glacés, suivant sa volonté,
Il retiendra l'hiver et captif et dompté.

S'élever dans les airs n'en est pas la conquête:
Quel bon fruit retirer d'un fougueux animal
Qui, sans bouche et sans frein, et par mont et par val
Nous emporte et nous montre une mort toujours prête.
Le superbe coursier n'a pour nous de valeur
Qu'autant qu'à nos vouloirs il soumet son ardeur.

L'aérostat pompeux, sans volonté lui-même,
De la nôtre ne peut subir l'impulsion.
Ce n'est pas contre nous une rébellion;
Mais des vents seuls pour lui la volonté suprême
Le force d'obéir, l'entraînant à leur gré,
Dans les flots, sur un roc, sur un bois dans un pré.

D'ailleurs, le gaz subtil qui remplit son enceinte,
A travers ses parois bientôt s'est échappé,
Et bientôt laisse en route un voyageur trompé,
Dont le sort trop souvent est sujet de complainte.
Non; par là dans les airs on ne peut espérer
un empire constant et solide assurer.

Du savant mécanisme il faut emprunter l'aide :
Ce n'est point un mystère , une occulte vertu
Qui permet de nager dans les airs suspendu,
Comme à l'oiseau , des Dieux et du sort interprète ,
A l'insecte, au reptil, même à des habitants
Du maritime empire , oiseaux dans des instants.

Celui seul employé par la docte Nature
Est d'avirons légers de frapper vivement
Dans les plaines de l'air l'élastique élément.
Par elle en est armé l'oiseau, la mouche impure,
Le poisson, le reptil. Le moyen en est un,
Le ressort seulement, plus ou moins opportun.

Eh quoi ! lorsqu'il s'agit d'un si brillant système ,
d'établir ici-bas les climats des Édens ,
De faire aux plus heureux envier nos destins ,
Tu tardes à résoudre un soluble problème ;
D'aile en guise de rame , un esprit inventif
Ne saurait-il armer quelque léger esquif ?

Sublime en est le but, le prix en est immense.
Du torrent électrique instruit à maîtriser
Les flots perturbateurs, et d'en paralyser
Les destructeurs effets. Une utile balance,
Dans les airs maintenue entre ces fiers rivaux,
Établira la paix sur la terre et les eaux.

Ce fluide moteur, jaillissant de la terre,
En torrents vagabonds , se répand dans les airs ,
S'accumule en des lieux où bientôt les éclairs,
Signalant sa présence, annoncent le tonnerre.
La guerre à son moyen s'établit dans les cieux,
Et la lumière même est ravie à nos yeux.

Du désordre qu'il crée il fait son dieu, sa gloire ;
Il déchaîne les vents, lance sur nos moissons
La grêle destructive, et changeant les saisons,
Mille fléaux pour nous sont fruits de sa victoire ;
Aux cataractes même ouvrant un libre cours ,
Il inonde sa mère , en attriste les jours.

Mais, planant à ton gré dans la plaine azurée ,
Plus prévoyant bientôt que le plus sage oiseau ,
et surtout plus puissant, tu romprais le réseau
Où le traître enveloppe une proie assurée ,
Déjouerais ses projets par un puissant métal,
Replongeant dans l'abîme un ennemi fatal.

Et l'on ne verrait plus ce semeur de tempêtes
Dans nos belles saisons, à partir du Bélier,
Des vents tumultueux les outres délier ,
Pour leur rage troubler nos moissons et nos fêtes.
Pendant ces jours au moins, et sans être d'airain ,
Le ciel serait pour nous calme , doux et serein (1).

(1) Voir la Préface.

Combien l'hiver encor deviendrait moins sévère ;
Qui peut savoir que de bienfaisante chaleur
Jaillira de ces puits qui promettent tant d'heur ;
Réchauffant de leurs feux notre froide atmosphère,
Par nos travaux un jour les puits multipliés,
Sur le sol se comptant par nombreux milliés,

Que dire des plaisirs des ravissantes fêtes
Que, dans ces jours heureux, mille vaisseaux divers
Météores brillants, donnent à l'univers.
Dans les plaines de l'air se jouant sur nos têtes,
Les yeux sont éblouis de leurs vives couleurs,
Qui de l'arc des cieux surpassent les splendeurs.

Sur les bords enchantés d'un fleuve magnifique,
Vont s'abattre les flots de ces oiseaux géants,
Sous d'ombreuses forêts, d'arbrisseaux odorants.
Là sont faits les apprêts d'un banquet tout rustique ;
La joie en fait les frais au milieu des concerts,
Les ornements en sont des fleurs, des gazons verts.

Au champêtre festin a succédé la danse :
Quel délice de voir tout un peuple de rois,
Du hautbois et du luth obéissant aux lois,
S'agiter, se mouvoir, retomber en cadence,
Oubliant un instant, dans ces charmants loisirs,
Des travaux qui pour eux sont aussi des plaisirs.

Mais des cieux cependant les voûtes étoilées
Avertissent qu'enfin de la fête et du jour
Le terme est arrivé; plein de joie et d'amour,
Peuple saint et heureux, sur tes barques ailées,
Regagne tes foyers, chantant à l'Éternel
En actions de grâce un hymne solennel.

Transfigurée alors, ta nature sublime,
Pour dignement répondre à toute ta grandeur,
Se verra revêtir d'un manteau de splendeur,
Comme apparut le Christ au-dessus de la cime
De ce mont merveilleux, où charmés, éblouis,
Les siens eussent voulu se fixer jours et nuits.

Les hommes en ces jours abjurant toutes haines,
Du genre humain sentant l'auguste majesté,
Entre eux feront régner la sainte égalité;
Chacun ayant horreur de flétrissantes chaînes,
Partageant en commun les travaux, les plaisirs,
Et ne connaissant tous que de nobles loisirs.

Toute terre étant sainte, ainsi que fortunée,
La bassesse et le crime inconnus désormais,
La vertu régnera dans de brillants palais;
Et sur la terre enfin l'équité ramenée,
Pour ne la plus quitter y fixera sa cour,
Adoptant à jamais un si digne séjour.

De nos œuvres alors le Tout-Puissant lui-même
Peut-être émerveillé , se plaira de choisir
Parmi nous ici-bas des princes pour régir
Les mondes que créra sa volonté suprême,
Confiant à leurs soins les immenses états
Que leur ont mérités de glorieux combats.

Ces combats ne sont tous de sanglantes batailles :
Pour son pays sans doute il est beau de mourir,
Combattre avec outrance ou sombrer sans pâlir ;
Offrir un front d'airain aux foudres, aux mitrailles,
Aux yeux de l'Éternel rien de plus ravissant,
Point de spectacle plus digne du Tout-Puissant.

Mais vers ses passions rester inébranlable ,
Vaincre sa vanité, son ire ou des penchants
Qui rendent des mortels aussi vils que méchants ;
Juger ses ennemis et rester équitable,
C'est n'être pas indigne, y joignant la bonté,
D'entrer même aux conseils de la Divinité.

J'ai cru n'être point désagréable au public, en joignant les pièces suivantes à ce qui précède.

———

A son Altesse Royale

MADAME LA DUCHESSE D'ORLÉANS.

———

Pauvre colombe désolée,
Sur un rameau de la forêt,
Tu gémis, plaintive, isolée !
Du sort, hélas ! cruel arrêt !
Ton époux est tombé victime !
Ha ! gémis, gémis..... Pour ton cœur
Il n'est plus de plaisir intime,
Il n'est plus de parfait bonheur.

Près de toi cet époux aimable
Embellissait tous tes instants.
Quel bonheur paraissait plus stable ?
Toutes saisons étaient printemps !
Pourquoi faut-il que sans orage,
Au sein du jour le plus brillant,
Sans aucun apparent nuage,
Le ciel frappe l'époux amant.

De la terre en vain la parure
Voudrait égayer tes esprits ;
Prés fleuris, bosquets ni verdure
Ne sauraient calmer tes ennuis.
Philomèle et sa douce plainte,
Ni le murmure des ruisseaux,
Ne sauraient adoucir l'atteinte
Et l'amertume de tes maux !

Gémis, gémis, douce colombe,
Gémis ; mais pourtant tout bonheur
Pour toi n'est pas mis en la tombe.
Près de toi brille une lueur
qui pourra de tes destinées
Rétablir la prospérité.
Espère.... Encor quelques années,
Renaîtra ta félicité.

Oui, si ta couche est solitaire,
Auprès de toi deux fils charmants,
Espoir brillant et salutaire,
Viendront adoucir tes tourments.
D'un peuple les pieuses larmes,
Sur un époux qui te fut cher,
Pour ton chagrin auront des charmes ;
Il en deviendra moins amer.

Enfants et peuple, et toi leur mère,
Unis par un lien d'amour,
Du bonheur enfin sur la terre
Saurez établir le séjour.
Du haut des cieux l'objet des larmes
Que dans ces jours l'on voit couler
Verra pour lui, loin des alarmes,
Plus de plaisirs en découler.

AUTRE A LA MÈME, ET A LA MÈME OCCASION.

> Les pierres se détruisent, les bronzes changent
> de formes, les familles s'anéantissent, les institu-
> tions grandes et utiles font seules et à jamais
> respecter leurs fondateurs.

D'où viens-tu? qui t'envoie, ouragan si terrible,
Rapide destructeur des forêts et des champs?
Tu te lèves soudain dans un vallon paisible,
Où de joie et d'amour retentissaient les chants.
Tu mugis; ta fureur s'enivrant de ravages,
Renverse les forêts, dévaste les moissons,
Et tu te plais d'entendre, en tes instincts sauvages,
Les cris du désespoir remplacer les chansons.

Tout tremble, tout s'émeut ; le ciel, la terre et l'onde
Entraînés, par ta fougue, arrachés au repos,
Paraissent conspirer la ruine du monde
Et vouloir avec toi rétablir le chaos.
La nature en gémit, et de crêpes funèbres
Couvrant sa tête auguste, adresse à l'Éternel,
Dieu d'ordre, de lumière et fléau des ténèbres,
Sa plainte qui s'élève à son trône immortel.

Il l'entend, il frémit, et sa voix redoutable
A replongé soudain en des antres profonds
Des enfers ennemis, le ministre exécrable,
Et le retient captif en des gouffres sans fonds
Par ce secours puissant, du monstre délivrée,
La nature se hâte à rétablir ses lois,
Et bientôt du bonheur, par ses soins, la livrée
Brille sur les hameaux, la prairie et les bois.

Ainsi tranquille et fière, au prince tes délices,
Ton nourrisson, ton fils, élevé dans ton sein,
Tu souriais, ô France, et goûtais les prémices
Des vertus dont son cœur renfermait tout l'essaim.
Quel démon, ennemi de ton destin prospère,
Au prince tes amours s'attaque en ses fureurs,
Et d'un coup imprévu, d'une douleur amère
Vient accabler ton âme et fait couler tes pleurs ?

Ah! laisse un libre cours à ta douleur trop juste!
Aux vertus de ce prince hommage mérité;
Élève à sa mémoire un monument auguste
Que consacre surtout ta tendre piété!
Ta gloire et ton bonheur absorbaient ses pensées;
Il rêvait tes succès, miditait ta splendeur;
Son règne eût rappelé tes victoires passées;
O France, tu étais l'idole de son cœur.

Pleurons-le, ah! plus que lui qui mérita nos larmes?
Excellent citoyen, bon fils et tendre époux,
Intrépide soldat au milieu des alarmes,
Chéri de sa famille et précieux à tous,
Bonne et sublime Hélène, ô toi, de ses pensées
L'intime confidente, ah! combien pourrais-tu
Révéler d'actions qui, sous tes yeux passées,
Nous feraient encor plus révérer sa vertu!

Il n'est plus; mais pourtant tes fils le font revivre;
Et toi, sa noble part, vis encor parmi nous.
Ah! puisses-tu longtemps pour nous tous lui survivre,
Douce Hélène, si chère au meilleur des époux;
Toi qui dans ces climats par nos vœux amenée,
Exhalant les parfums de tes brillantes fleurs,
De la France embellis la noble destinée
Et ranimes la joie et l'espoir en nos cœurs.

De paix et de bonheur parmi nous sois le gage ;
Entretiens la concorde, et par toi désormais,
D'union et d'amour qu'un sincère langage
Réunisse en ton sein tous les loyaux Français !
Inspire à tes enfants cette charité pure
Qui règne dans ton cœur et convient aux héros
Qui puisent leurs vertus dans la sainte nature
Et dont les siècles sont à l'envi les échos.

D'un vain titre orgueilleux, qu'au mot de débonnaire
Un pédant fier et vil sourie avec mépris ;
Qu'il aime à se targuer du nom d'impopulaire,
J'en demeure indigné beaucoup plus que surpris.
Quoi ! ne méritiez-vous que mépris et que honte
Débonnaires Louis douze, Antonin, Marc-Aurel,
Et toi Titus, et toi les délices du monde,
Toi qui de la bonté fus le type immortel.

Populaires ne sont de perfides caresses,
Sans dignité, sans foi, se plaisant à presser
Les plus impures mains dans des mains plus traîtresses.
Populaire n'est pas s'avilir, s'abaisser,
Mais élever à soi, sans perdre de sa taille,
Un mortel vertueux, et quel que soit son rang ;
Oui, c'est là mon héros, malheur à qui s'en raille.
La vertu, les talents sont toujours de pur sang.

Consacrer tous ses jours au bien de ses semblables,
Faire régner entre eux les droits et l'équité;
Telles sont à mes yeux les grandeurs véritables;
Surtout si le mobile en est la charité.
Ce n'est pas que, brûlant du désir de la gloire,
Un cœur noble ne puisse aspirer par ses faits
D'inscrire un nom fameux au temple de mémoire;
Mais que ces faits brillants pour tous soient des bienfaits!

Dirigés par tes soins, instruits dans ces maximes,
Vrais astres du bonheur, tes deux généreux fils,
Appuyés sur l'amour, sur leurs droits légitimes,
Des peuples enchantés se verront accueillis.
Ah! que rivalisant et d'ardeur et de zèle,
Ces tendres nourrissons, s'élevant sous tes yeux,
Encouragés par toi qui leur sers de modèle,
Soient le délice un jour de la terre et des cieux!!

ESPOIR DE SON PAYS,

MONSEIGNEUR LE DUC DE JOINVILLE,

À l'occasion de son voyage projeté autour du monde.

> Courage, jeune héros ! qu'un feu sacré,
> l'amour de la patrie, brûle sans cesse en ton
> généreux cœur, et tes exploits, toujours purs et
> brillants, t'assureront à jamais l'estime et l'ad-
> miration des peuples !

———

Heureux celui qui, né sous la pourpre des Rois,
De la fougue des sens et de leur folle ivresse
Apprit à garantir son ardente jeunesse,
Et fier d'être soumis au joug sacré des lois,
Ne connaît de bonheur, de gloire, de délices,
Qu'à faire à son pays de nobles sacrifices.

C'est ainsi qu'un héros, foulant la volupté,
A travers les périls et les feux et les glaces,
Du noble fils d'Alcmène osant suivre les traces,
Marche, géant superbe, à l'immortalité,
Moissonnant des lauriers, guidé par la Victoire,
Pour inscrire son nom au temple de mémoire.

Jeune Prince, déjà de maîtriser les flots
Tu fais depuis du temps le rude apprentissage,
Et la fortune encor t'a fourni l'avantage
De prouver ta valeur aux soldats-matelots.
Ulloa t'a valu leur noble confiance;
Pour ton pays il est un gage d'espérance.

Ha ! puisse la grande ombre à qui tes soins pieux,
L'arrachant aux ennuis dont elle était la proie,
Ont procuré sans doute une indicible joie,
Favoriser celui qui satisfit ses vœux,
Veiller sur ses destins, enflammer son génie,
Et le former en tout digne de sa patrie !

Comment à ton grand cœur n'eût-elle pas souri,
Quand, des tyrans des mers craignant la perfidie,
Et contre ton dépôt quelque trame ourdie,
Plein du sentiment noble où ton cœur fut nourri,
Plutôt que de livrer ce dépôt si sublime,
Tu juras de descendre avec lui dans l'abîme.

Que planant sur ton bord en des jours de combats,
Elle y fixe le sort, comme en ses jours de gloire !
Qu'à ton fier pavillon enchaînant la Victoire,
Tous les autres devant tombent avec fracas !
Puisse cette grande ombre, appuyant ta fortune,
Rendre libre par toi l'empire de Neptune !

Tes hauts faits rappellant de glorieux souvenirs,
De ces nouveaux exploits la France enorgueillie
Cessera de gémir sur sa gloire avilie;
Mettra fin à son deuil, à ses tristes soupirs,
Et, recouvrant enfin son antique énergie,
Verra de son grand nom renaître la magie.

Garde-toi de tromper un si brillant espoir:
A tes premiers exploits, Prince, reste fidèle!
De nos braves marins sois en tout le modèle.
Ha! de remplir nos vœux qu'il soit en ton pouvoir!
Et que ton nom fameux un jour prenne sa place
En tête des héros qui t'ont marqué la trace!

O Princes, puissiez-vous, formant un saint faisceau,
Rester tous cinq unis dans l'amour de la France;
De cette France dont l'honneur de préférence
Fut toujours à ses yeux l'intérêt le plus beau.
C'est pour elle un trésor dont elle est plus jalouse
Que nul époux jamais de la plus belle épouse.

Que son culte en vos cœurs gravé par le devoir,
Prévaille en tous les temps! Ha! s'il est beau pour elle
De souffrir, de mourir, une gloire immortelle
Attend celui qui, loin d'oser prétendre avoir
Le droit de s'irriter contre ses vains caprices,
N'a que du dévoûment contre ses injustices.

O France ! ô ma patrie, à ces pieux enfants,
A ces princes chéris sois toujours favorable.
Élevés en ton sein, leur zèle inaltérable
A tes autels sacrés prodiguera l'encens.
Leur but est d'assurer ta gloire et ton empire;
Un moment pourrais-tu cesser de leur sourire (1) ?

Après avoir bravé les tropiques brûlants,
Intrépide Joinville, et de l'Ourse glacée
Affronté les frimas, où souvent enlacée
Au milieu de monceaux de rocs étincelants,
Périt avec fracas la barque trop fragile
Du hardi nautonier, malgré son soin habile;

Avoir rendu visite à ce peuple nouveau,
Phénomène récent, admirable merveille,
Lequel, éclos d'hier, déjà pourtant éveille
Par sa mâle vigueur, au sortir du berceau,
D'anciens peuples divers la sombre inquiétude,
Et bien digne en effet de ta profonde étude.

(1) Qui pourrait, sans injustice, se refuser d'applaudir à la conduite sage et noble des princes et princesses de nos jours ! Quel modèle plus parfait à offrir à toutes les classes de la société, quelle meilleure et plus belle disposition à tout ce qui est grand, beau et utile, si la charité en est la base; j'appelle charité dans les princes, l'amour brûlant de la patrie; mais quand cette patrie est la France, il est inséparable de sa gloire.

A peine de retour, ta fière ambition,
Émule de celui qui verse la lumière,
A le suivre t'entraîne en sa noble carrière,
Tout autour de ce globe, à chaque nation,
Curieux de montrer ce pavillon de France,
De toutes autrefois sûre et douce espérance.

Fais que par ta valeur recouvrant son éclat,
Premier enfant de Roi qui tente cette tâche,
Chacun émerveillé l'admire sans relâche.
Protecteur dans la paix, effroi dans les combats ;
Qu'il soit un signe à tous de grandeur et de gloire,
Instrument de bonheur et gage de victoire !

Après, nouvel Ulysse, avoir en tous pays,
Semant et moissonant, fait d'utiles conquêtes,
De retour dans le tien où t'attendent des fêtes,
Viens étaler sans faste à nos yeux réjouis,
De haine et de sang purs, les bienfaisants trophées
Des trésors recueillis dans toutes les contrées !

Mon but étant de combattre, autant qu'il est en moi, cet esprit d'affreux égoïsme qui infecte notre génération, et de donner une noble impulsion vers les choses grandes et utiles qui ne peuvent s'opérer que par la réunion de tous dans un même esprit, l'amour de la patrie, j'ai cru, après avoir donné par des louanges méritées, des encouragements aux princes, que je manquerais au plan que je me suis tracé, si je négligeais d'en donner de semblables à ceux qui doivent concourir avec eux à la gloire et à la prospérité du pays. Je me suis donc fait un devoir de célébrer les dévoûments sublimes dont des enfants du peuple ont donné récemment de si brillants exemples.

Puisse l'accueil du public à ces faibles essais être pour moi un encouragement à poursuivre des ouvrages plus importants et toujours dans le même but!

STANCES

Lelièvre, Blandan et leurs Nobles Compagnons.

FRANCE, terre héroïque en proie à des infâmes,
Ton sol ne peut pourtant mentir à ses destins ;
Et malgré d'ennemis les criminelles trames,
Sans cesse il en jaillit les plus brillants essaims
De héros aux grands cœurs, aux âmes généreuses,
Sans que les sucs impurs à noirs flots répandus
Par les soins malfaisants de races odieuses,
Puissent de ces produits altérer les vertus.

Ainsi d'affreux serpents à la nature hostiles,
S'efforcent d'étouffer en son généreux sein
Les germes des moissons et des plantes utiles ;
Plus puissante, elle rit de leur affreux dessein ;
Et bientôt, revêtus d'une robe de gloire,
S'élançant jusqu'aux cieux, ses plus nobles enfants
Y vont avec éclat proclamer sa victoire,
Et des monstres détruits ses efforts triomphants.

O vous dont les exploits, nobles fils de la France,
Héros de Bouffaric, héros de Mazagran,
Ont amoindri sa honte, allégé sa souffrance,
Grâce vous soit rendue, ô Lelièvre, ô Blandan ;
Vos faits ont effacé celui des Thermopyles.
De l'aurore au couchant ces hauts faits admirés,
A la France seront non moins glorieux qu'utiles,
D'effroi faisant pâlir ses ennemis jurés.

Qu'à vous, enfants du peuple, à vous qui sans modèles
En ces temps pour la gloire, hélas! si désastreux,
Au pays, à l'honneur vous montrez si fidèles,
Gloire soit à jamais! Vous nous rendez heureux!
La France voit par vous renaître l'espérance ;
Fière d'avoir produit des héros si parfaits,
Brûlant pour vous d'amour et de reconnaissance,
Dans ses fastes promet d'inscrire vos hauts faits.

Oui, la France dira qu'en des murs sans défense,
Cent vingt-trois de ses fils, par Lelièvre guidés,
D'ennemis qui couvraient toute une plaine immense,
Repoussèrent l'effort, et qu'enfin rebutés,
Après trois jours entiers d'attaque désastreuse
Les Barbares, de nuit, levant leurs pavillons,
Marquèrent de débris leur fuite ténébreuse,
De blessés, de mourants et de noirs tourbillons.

Mais la postérité d'elle apprendra de même
Qu'auprès de Bouffaric vingt-deux soldats français,
A leur chef intrépide obéissant, quand même,
Par trois cents cavaliers portant sabres, mousquets,
En plaines attaqués, refusant de se rendre,
Soutinrent sans fléchir ce combat inégal.
Blandan les commandait, et son nom peut prétendre
Auprès des plus grands noms s'inscrire leur égal.

«La garde sait mourir, mais ne saurait se rendre!»
A dit un brave, et non moins courageux, Blandan
Aux siens a dit : «Il faut jusqu'à mort se défendre!»
Et cet ordre sublime a scellé de son sang.
Lelièvre, plus heureux et non moins intrépide,
A pu comme Cambronn de sa gloire jouir.
Brave Blandan! la tienne est tout aussi limpide,
Et, mort sur tes lauriers, garde-toi de gémir

Cambronn, Blandan, Lelièvre, agréez nos hommages;
Que vos noms, ainsi que du grand Léonidas,
Dans l'histoire occupant de glorieuses pages,
Se réjouissent près de celui de d'Assas!
Que la gloire s'attache aux palmes du génie,
Et que Napoléon soit qualifié de Grand;
Mais d'un culte honorons ceux morts pour la patrie;
Qu'ils tiennent dans nos cœurs toujours le premier rang.

Le génie est souvent concitoyen du monde ;
Le vrai héros en tout appartient au pays.
Qu'en ceux-ci notre France, en tous temps si féconde,
Prodigue honneurs et soins à ces généreux fils.
Oui, qu'aux Napoléons on élève des temples ;
Mais aux héros dressons en nos cœurs des autels !
Bientôt chacun brûlant d'imiter leurs exemples,
Désirera compter parmi ces immortels.

Le génie asservit, l'héroïsme protége :
L'un n'éprouve que haine envers l'égalité ;
Arrogant, il réclame en tout le privilége,
L'autre des nations soutient la liberté.
Que les hommes toujours contre l'un soient en garde,
Quoique souvent il puisse accroître leur bonheur;
Mais qu'ils cultivent l'autre; il est leur sauve-garde,
Et se trouve toujours au chemin de l'honneur.

Mais pourrais-je passer vos beaux noms sous silence?
L'ingratitude ainsi paîrait vos dévoûments!
Corcy, Duran, Breteuil, dont l'heureuse assistance
D'Hippolyte et Lacarde, aidés en ces moments,
De nos vingt-deux héros, par des efforts sublimes
Ont prévenu l'entière extermination.
Gloire à votre courage, à vos cœurs magnanimes
Qui nous ont préservés de cette affliction !

Et toi de ces héros le chef preux et fidèle,
Qui t'honores du nom de soldat-laboureur,
Si tu veux conquérir une gloire immortelle,
D'une volonté ferme et digne d'un grand cœur,
Poursuis tes grands projets; qu'une France nouvelle
Par tes soins, ta valeur, brille au-delà des mers.
Fertilise le champ et soumets le rebelle,
Et le nom de Bugeaud croîtra dans l'univers.

CHANT HÉROÏQUE.

Grèce, vante tes Thermopyles ;
La France à ton Léonidas
Dès longtemps pouvait avec mille
Opposer le nom de Dassas ;
Mais depuis, encor plus féconde,
A citer ses nombreux héros,
Fameux sur la terre et sur l'onde,
Elle eût fatigué les échos.
Vaincre ou mourir pour la patrie
Était leur cri sacré, l'objet de leur envie.

Depuis, un roi trop pacifique
Interrompit ces nobles cris.
Il eût voulu par politique
De la France endormir les fils.
Pendant longtemps ce cri de guerre
Nulle part n'émut les échos,
Et la France, autrefois si fière,
Se crut veuve de ses héros.
Vaincre ou mourir pour la patrie
Plus d'aucun ne semblait la noble et digne envie.

Ce siècle de fer pour la gloire,
Si peu propre aux faits éclatants,
Si stérile pour notre histoire,
Fit place enfin à d'autres temps ;
Il disparut dans la tempête,
On crut voir un nouveau printemps,
Et dans l'ivresse de la fête,
On fit revivre ces accents :
Vaincre ou mourir pour la patrie
Est le sort le plus beau, le plus digne d'envie.

Bientôt le temps redevint sombre;
Les beaux élans, les nobles cris,
Au sein d'une épaisse et triste ombre,
Se sentent étouffés, proscrits.
Eh quoi ! Français, votre courage
Jadis en tous lieux si vanté,
A-t-il oublié cet adage,
Par tant de braves répété :
Vaincre ou mourir pour la patrie
Est le sort le plus beau, le plus digne d'envie.

Ainsi que d'un sombre nuage
La foudre qu'il porte en son sein,
En silence couvant l'orage,
Rompt ses fers et s'ouvre un chemin ;

Muet en France, vers l'Afrique
L'héroïsme prend son essor,
S'élance et du brûlant tropique
De ce chant fait trembler le bord[1] :
Vaincre ou mourir pour la patrie
Est le sort le plus beau, le plus digne d'envie.

De vos exploits, chefs magnanimes,
Toujours fidèles à l'honneur,
Les récits brillants et sublimes
De tous font palpiter le cœur.
Mais des héros à vous les palmes,
Courageux Lelièvre et Blandan,
Qui, sous la foudre toujours calmes,
Avez fait revivre ce chant:
Vaincre ou mourir pour la patrie
Est le sort le plus beau, le plus digne envie.

Brave Lelièvre, de ta gloire
Chacun s'applaudit, est joyeux.
Te voir jouir de ta victoire,
Nous rend tous doublement heureux.
Mais Blandan, qui pourrait le plaindre
D'un sort envié des guerriers?
Non, nous ne l'oserions, sans craindre
De flétrir de si beaux lauriers.
Oui, Oui, mourir pour la patrie
Est le sort le plus beau, le plus digne d'envie.

Non, pour toi nous n'avons des larmes,
Que celles d'admiration.
O toi, Blandan, l'honneur des armes,
Sois-le aussi de ta nation !
C'est de l'encens à ta grande âme
Et des autels qu'il appartient;
Que chacun y puise la flamme
Qui fait le héros citoyen.
Sur ta tombe chantons : Mourir pour la patrie
Est le sort le plus beau, le plus digne d'envie !!!

Quoique je n'eusse d'abord que l'intention annoncée au commencement de cette petite brochure, cependant lorsque les premières feuilles étaient déjà imprimées, j'ai pensé qu'il ne serait peut-être pas désagréable à mes anciens et chers élèves de Sainte-Barbe, entre les mains desquels elle pourrait tomber, de revoir une pièce, mon premier essai en poésie.

J'en profiterai pour rendre un pur hommage à la mémoire du digne et respectable M. de Lanneau père, qui était notre chef à tous. Je ne vous oublierai point non plus, mon cher Coulmann, mon élève particulier alors. Bien jeune encore, ce fut vous néanmoins qui provoquâtes ce premier essai, et qui depuis, faisant violence à ma timide apathie, m'aviez lancé dans une voie que je n'aurais point dû quitter. En effet, mes articles sur l'instruction publique dans un journal périodique où vous m'aviez fait admettre comme rédacteur, furent accueillis de la jeunesse avec une bienveillance qui eût dû m'encourager; mais vous n'étiez plus auprès de moi, et cette timide apathie a bientôt prévalu.

N'en recevez pas moins ici, mon cher Coulmann, l'assurance de ma tendre affection; et si quelque honneur s'attache aux œuvres que je me propose de mettre au jour, vous pourrez en revendiquer une grande part.

Je conserverai de même un doux et profond souvenir de cet établissement où, à la suite de grands re-
vers, j'ai trouvé pendant des années une honnête exis-
tence, et ne cesserai dans ma solitude d'y porter un
vif intérêt, ainsi qu'à son digne chef actuel, M. La-
brouste, qui fut aussi un de mes élèves.

Du reste, ces stances, dont le public est appelé à
juger un peu tard, composées pour la solennité du
13 juin 1813, ne purent sortir des bureaux de la censure que quinze jours après la cérémonie, et n'ont
guère vu le jour que dans l'enceinte de Sainte-Barbe.

STANCES

COMPOSÉES ET IMPRIMÉES A L'OCCASION DE LA SOLENNITÉ QUI EUT LIEU
LE 13 JUIN 1813, A LA CATHÉDRALE DE PARIS,

EN PRÉSENCE DE S. M. MARIE-LOUISE,

A RAISON DES VICTOIRES DE LUTZEN, BAUTZEN ET WURCHEN;

Mais qui n'ont point paru, n'étant sorties de la censure que quinze jours après
la solennité.

Armé de ses frimas, le Russe audacieux
Du grand Napoléon provoque la colère ;
Partez, foudres, volez, qu'en ces coupables lieux
    Éclate son tonnerre.

L'aigle a pris son essor, l'espace a disparu ;
Déjà dans ces déserts j'entends mugir Bellone.
Le Russe a fui..... Déjà son monarque éperdu
    Chancelle sur son trône.

Du sang de ses guerriers tout le sol est trempé ;
La plupart sont détruits ; et pour la cité sainte,
Vaincu dans maints combats, le Russe consterné
    Déjà frémit de crainte.

Un des leurs s'en indigne, et dit en sa fureur :
Qu'un océan de feu leur serve de barrière !
Voyons fuir à son tour ce superbe vainqueur,
    Chassé de la carrière.

O projet, digne enfant d'un génie infernal !
Qu'as-tu fait Rapstochin ? Qui gémit en ces flammes ?
Des blessés maudissant l'auteur de tant de mal,
    Des vieillards et des femmes.

Moscou n'existe plus, ses remparts sont détruits.
Slavon, courbe, il est temps, ta trop superbe tête.
Mais sa rage répond : Pour dieux et pour appuis
    Le Russe a la tempête.

Il l'invoque, et du fond de ces affreux climats
L'hiver l'entend, il vient sur ses ailes de glace ;
Répandus de son sein, des torrents de frimas
    Ont signalé sa trace.

L'air en est attristé : de ce monstre odieux
Le souffle est l'aquilon, le sceptre la froidure ;
Devant lui le chaos sur ce sol malheureux
    Remplace la nature.

Que peuvent des héros contre ce fier tyran ?
Qu'ils cèdent.... Le Ciel même, en des luttes horribles,
A vu de ses lambris par un fougueux géant
    Chasser ses dieux terribles.

Fuyez.... Leur échapper, c'est vaincre les frimas.
Laissez, laissez dormir les foudres vengeresses ;
Hâtez-vous, ou craignez qu'ils n'entravent vos pas ;
    Craignez leurs mains traîtresses.

Malheur à l'imprudent, sous ce ciel rigoureux,
A l'homme sans vigueur qui s'endort ou s'abuse ,
Bientôt il est saisi par un froid plus affreux
    Qu'un regard de Méduse.

En des climats moins durs nos soldats parvenus,
Se reposent enfin ; le Russe, le Tartare
Dit déjà triomphant : Les Français ne sont plus,
    Et pousse un cri barbare.

Ils ne sont plus ! tremblez.... Les Français sommeillaient.
Ils s'éveillent : la foudre aux ailes de tempête
Devant qui vos guerriers en tumulte tombaient,
    Gronde encor sur vos têtes.

Jaloux de notre gloire et pour la renverser,
A vos fiers bataillons en vain un roi perfide,
Joignant ses étendards , prétend nous écraser
    Par sa ligue homicide.

Napoléon aussi fait appel aux guerriers :
Chacun brûle à sa voix d'entrer dans la carrière ;
Ils volent pleins d'ardeur moissonner des lauriers.
    Qu'on ouvre la barrière !

Une triple victoire a détruit vos projets.
Oui de Napoléon la parole féconde
Fait germer les héros au sein de nos guérets
      Pour terrasser le monde.

Devant ces fiers lions que sont forts et remparts ?
Ils s'élancent, déjà cette troupe hardie
Sur vos camps retranchés fondant de toutes parts,
      Rompt une trame impie.

Triomphe, ô mon pays, et toi, guerrier fameux,
Achève ta vengeance et poursuis ta victoire !
Mets leurs villes en cendre, et remplissant nos vœux,
      Satisfais à ta gloire.

Renverse de son trône un roi fourbe et pervers;
Mais puisse le parjure, avant que d'en descendre,
Pour prix de ses forfaits, voir ses fils dans les fers
      Et ses palais en cendre!

Mais que dis-je? un héros connaît bien d'autres lois.
Pardonner aux vaincus, épargner leurs provinces
Est la leçon que doit le chef de tant de rois
      Aux peuples comme aux princes.

Pardonne, et t'élançant au sein de l'Éternel,
Va puiser la sagesse aux sources des lumières;
La paix, la douce paix, à ton nom immortel
      Ouvre d'autres carrières.

Comme un arbre superbe a son front dans les cieux,
Protégeant l'arbrisseau de son puissant feuillage,
Que sous le tien le peuple, à l'abri dans tous lieux,
    Bénisse son ombrage.

Arbre majestueux, bientôt sous tes rameaux
Les mortels réunis, se riant des orages
Et cultivant les arts, oublîront tous leurs maux,
    En t'offrant leurs hommages.

Je vole vers cet arbre et j'atteins son sommet.
Quel immense horizon à mes yeux se découvre!
La mer courbe ses flots, la terre se soumet,
    L'abondance la couvre.

Peuples qui m'écoutez, secondez mes transports !
Brûlant d'un feu sacré, fidèle à mes oracles,
Que le monde en travail, au bruit de mes accords,
    Enfante des miracles.

Compagnons d'un héros, brillants de majesté,
Talents, vertus, beaux-arts, que son grand cœur protége,
Marchez tous avec lui vers l'immortalité,
    Et formez son cortége.

Mais des chants de triomphe aux autels du Seigneur
Nous appellent : volons.... Dans ta noble carrière,
Soleil, verse sur nous, en ce jour de bonheur,
    Des torrents de lumière.

Quels transports ! quelle ivresse ! ô fille des Césars !
Mère de l'enfant-roi, tu viens parer nos fêtes;
Comme un astre pompeux , tu charmes nos regards
Et brilles sur nos têtes.

Les flots de tes sujets soumis, respectueux ,
En caressant ton char, te suivent dans le temple ;
Présente à l'Éternel ton hommage et leurs vœux ;
La France te contemple.

Patriote ardent et quand même, faisant abstraction de tout mode de gouvernement, lorsqu'il s'agit de repousser les attaques de l'étranger, j'écrivis cette cantate sous l'inspiration d'une fureur toute patriotique, lors de la dernière ligue formée contre nous par la jalousie haineuse et traîtresse de l'Angleterre, et à l'époque de la translation des cendres de Napoléon, où l'aigle reparut un instant et comme en effigie. Quelques-uns la trouveront peut-être un peu sauvage; mais ce n'est que par l'exaltation que l'on se tire de certaines crises, à moins qu'on n'y sacrifie son honneur comme l'on a fait en cette occasion; mais l'infamie, selon moi, ne raffermit un État ni au-dedans ni au-dehors. A combien de machinations criminelles et honteuses n'est-on pas forcé de recourir pour acquérir une autorité que des faits glorieux amèneraient d'eux-mêmes et bien plus sûrement. Oui, je le répète, j'aurais vu avec plaisir un prince ramasser, comme il le disait, son ancien bonnet rouge pour en assommer l'Europe, sauf à le changer ensuite en couronne impériale comme a fait Napoléon, sans cependant en écraser comme lui la liberté. D'ailleurs, qui pourrait espérer aujourd'hui établir en France un despotisme durable? le joug serait bientôt brisé par la tempête; autant, nouveau Xercès, vouloir enchaîner les mers; l'entreprise ne serait pas moins folle, malgré la sagesse apparente des moyens pour y parvenir. Non, France, noble France, tu ne peux rester courbée sous un joug de honte. Mieux vaudrait pour toi cesser d'être, t'en-

sevelir dans ta gloire antique et ne plus exister que
dans l'histoire. Beaucoup se plairont sans doute à
critiquer cette production rude et sauvage; mais plu-
sieurs, et des princes même, y puiseront, j'espère, des
inspirations qui porteront des fruits en leurs temps,
bien convaincus qu'ils seront, que la plus grande part
leur revient des mépris que leur faiblesse attire au
pays qu'ils gouvernent, et surtout quand ce pays est
la France. N'est-ce pas d'ailleurs à ceux qui versent
la honte à la boire!

A TOUS LES PATRIOTES QUAND MÊME,

A L'OCCASION DE LA DERNIÈRE LIGUE CONTRE LA FRANCE , ET QUELQUES
JOURS APRÈS LA TRANSLATION DES CENDRES DE NAPOLÉON.

Toi qui dans tes élans, foudroyantes tempêtes,
Avec tant de fracas as brisé tant de fois
D'une hydre d'ennemis les orgueilleuses têtes
    Menaçant à la fois !

    Peuple géant, cours à tes armes,
    Dans ton sommeil pour t'enlacer,
    Le traître endormant les alarmes,
    Craint en frappant de menacer.
    N'écoute point les voix trompeuses
    De ces perfides Dalilas,
    Qui dans leurs trames ténébreuses
    Méditent d'enchaîner ton bras.
    Hercule, reprends ta massue,
    L'hydre mugit, réveille-toi ;
    Le porte-foudre dans la nue,
    L'aigle a jeté le cri d'effroi,
    Réveille-toi, réveille toi !

De cette halte dans la fange,
Ayons hâte de nous tirer ;
Ne formons tous qu'une phalange,
Si nous n'y voulons expirer !
De lâches brisons les entraves !
Qu'en vain, sans honte et sans remords,
Ils tentent, d'un peuple de braves,
De trahir les nobles efforts !
Hercule, reprends ta massue ! etc.

En vain, sur des plages lointaines,
De nos plus dévoués amis
Avons-nous livré forts et plaines
A nos plus mortels ennemis ;
Leur audace, de nos faiblesses
S'accroît ainsi que leurs fureurs ;
Ils menacent nos forteresses,
Et déjà parlent en vainqueurs.
Hercule, reprends ta massue ! etc.

Debout, debout, peuple de braves !
Debout, debout, il en est temps !
Pour t'attaquer, Teutons et Slaves,
Qu'attendent-ils, que le printemps ?
Déjà j'entends leurs cris de guerre
Dans nos campagnes retentir ;
Peuple, arme-toi de ton tonnerre
Et vole les anéantir.
Hercule, reprends ta massue ! etc.

Qu'unis sous la même bannière,
De la France les nobles fils
S'élancent tous dans la carrière
Contre leurs communs ennemis !
De nos pères suivant la trace,
Marchons, foudroyons l'étranger,
Qui dans sa vaine et folle audace
S'avance pour nous égorger.
Hercule, reprends ta massue ! etc.

De la patrie en ses alarmes
Écoute la pressante voix ;
Ce n'est, ce n'est point à des larmes
Qu'elle en appelle en ses abois.
Aux armes, Français, nous crî-t-elle,
Pour ma défense armez vos bras ;
Brisez une ligue cruelle,
Que la mort vole sur vos pas.
Hercule, reprends ta massue ! etc.

Que Vulcain, assis sur son trône,
Transportant ici ses États,
Pour seconder Mars et Bellone,
Active tout pour les combats !
Forge, sois partout mugissante ;
Que des monts du Sud au Jura,
Sous les marteaux retentissante,
La France ne soit qu'un Etna !
Hercule, reprends ta massue ! etc.

Jeunes hommes, vers nos frontières
Dirigez tous vos pas hardis;
Devant nos terribles bannières ;
Faites pâlir nos ennemis
Tandis que dans toutes enceintes,
Vieillards, enfants par milliers
S'armeront, brûlant d'ardeurs saintes,
Pour la défense des foyers.
Hercule, reprends ta massue! etc.

Quant à ce peuple de perfides,
Qui, depuis des milliers d'ans,
Nourrit des haines homicides
Contre les nobles fils des Francs ,
Et trop fier des nombreuses voiles
Qui le font voler sur les eaux,
Impunément, grâce à ces ailes,
Prétend nous accabler de maux.
Hercule, reprends ta massue! etc.

Pour atteindre ces téméraires,
Et joindre à la fois corps à corps
Ce peuple odieux de corsaires,
Vapeur, seconde nos efforts !
Que du mal même le génie
Inspire à nos justes fureurs,
Contre une éternelle ennemie,
Des moyens sûrs et destructeurs !
Hercule, reprends ta massue! etc.

Qu'aux arts de Fulton toute entière,
La France en ses hardis projets,
Leur ouvre une vaste carrière
Dans ses trésors et ses sujets !
Que sur tous les points se rassemblent
En foule d'ardents ouvriers!
Que ville et village ressemblent
A d'immenses ateliers !
Hercule, reprends ta massue! etc.

Sur les bords étonnés des mers environnantes
Bientôt s'entasseront les nombreux éléments
De ces bateaux géants, citadelles flottantes,
De dévastations terribles instruments ;
Leurs membres réunis par des mains diligentes,
D'innombrables volcans à l'Océan troublé
Bientôt présageront les batailles sanglantes
Qui doivent décider de son sceptre usurpé.
Hercule, reprends ta massue! etc.

C'est dans leur odieux repaire
Qu'il faut attaquer ces pervers ,
Vautours recélant dans leur aire
Les dépouilles de l'univers.
Aigle français, fais-en ta proie;
Que d'innombrables bataillons
Portent dans la nouvelle Troye
Tous genres de destructions !
Hercule, reprends ta massue! etc.

Sur ce sol ennemi, de vos noires entrailles,
Vomissez, ô stîmers, de lions déchaînés
Des masses en furie aspirant les batailles,
Affamés de vengeance, au carnage acharnés :
Que du sang de l'Anglais ils fassent leur parure!
Que ses villes en feu leur serve de flambeau;
Tout excès envers lui, c'est venger la nature;
Que ses toits abîmés lui servent de tombeau!
Hercule, reprends ta massue! etc.

A l'œuvre, à l'œuvre,
Maître et manœuvre.
Que tout Français,
Plein de furie,
Contre l'Anglais
Aux armes crie!
Au lieu de fer,
Armé de torches,
Dieux de l'enfer,
Quittez vos porches !
Aux combattants,
Oui, dieux horribles,
Soyez présents
En ces luttes terribles !
De sang, de mort
Soufflez la rage,
Jusqu'à ce que la moderne Carthage
De l'ancienne ait éprouvé le sort!

Qu'Hercule alors, déposant sa massue,
L'oiseau de paix, seul en la nue,
Faisant éclater ses transports
Et du Français partout connaître la prouesse,
En ses merveilleux rapports,
Annonce au monde enchanté, dans l'ivresse,
La ruine à jamais d'un peuple détesté,
Et pour toujours la paix avec la liberté.

L'indignation contre certains hommes, m'inspira
les couplets à la suite.

COUPLETS

EN L'HONNEUR DES HOMMES DU JOUR.

En vos œuvres confiants,
O vous envieux de honte,
Soyez joyeux, triomphants,
Le prix est à vous sans compte;
Artisans de trahisons,
Aux élans les plus sublimes,
Vos narcotiques poisons
Savent ouvrir des abîmes.

Que d'un illustre renom
En d'autres soit la manie,
Digne de votre patron,
Votre culte est l'infamie;
Sous clé votre coffre-fort
De vos affections tendres
A le dépôt, le ressort,
Et le reste n'est que cendres.

La gloire a tous vos mépris ;
Vous riez de la patrie :
Pour vos cœurs vils et flétris
Son amour n'est que folie.
Pour vous, les nobles combats
Sont aux tripots, à la Bourse,
Et vous tenez vos États
Où le Pactole a sa source.

A vos cœurs la liberté
De clapoter dans la fange
Paraît la félicité,
Si rien ne vous y dérange.
Savourez donc à longs traits
La liqueur nauséabonde
Qui répugne aux cœurs bien faits,
Mais plaît tant à l'homme immonde.

Dans l'art de Circé savant,
L'homme habile en maléfices
Met à profit le penchant
De pervers pleins d'artifices
Mais comme Ulysse prudent,
De cette coupe perfide,
Peuple, rejette un présent
Plus fatal que l'homicide.

En vain, pour t'épouvanter
D'une ligue menaçante,
Des traîtres osent vanter
La force toute puissante ;
Sois toujours brave, indompté ;
Du traître ayant méfiance,
Veille sur ta liberté ;
Aie en toi seul confiance.

FIN.

Imprimerie de Wittersheim, rue Montmorency, 8